BIBLIOTHÈQUE MORALE

In-12 Sixième Série.

Tout exemplaire qui ne sera pas revêtu de ma griffe sera réputé contrefait et poursuivi conformément aux lois.

Ch. Barbera

AUGUSTA HOWARD

MISS HENRIETTE BEECHER STOWE

AUGUSTA HOWARD

(NOUVELLE AMÉRICAINE)

TRADUCTION DE LA BÉDOLLIÈRE

ÉDITION REVUE

LIMOGES

ANCIENNE MAISON BARBOU FRÈRES

CH. BARBOU, IMPRIMEUR-ÉDITEUR

Avenue du Crucifix.

AUGUSTA HOWARD

— Ainsi donc vous ne voulez pas signer ce papier ? dit Alfred Melton, son cousin, un beau jeune homme assis devant la table du milieu.

— Non pas, vraiment. Qu'ai-je à faire de ces gages vulgaires de tempérance ?

—Allons, cousin Melton, dit une jeune fille à l'œil noir et brillant, qui pendant le début de cette conférence était restée couchee sur un sofa ; je vous conseille de renoncer à caté-

1..

chiser Edouard sur ce point. Comme dit Falstaff: « Il est un peu meilleur qu'un méchant.» Il ne faut pas perdre avec lui vos admirables raisonnements sur la tempérance.

— Sérieusement, mon brave Melton, reprit Edouard, toutes ces affaires de signature, de cachet et d'engagement sont inutiles pour moi. Mes habitudes passées et présentes, ma position dans le monde, enfin tout ce qui m'entoure me garantit de la supposition que je puisse jamais devenir l'esclave d'un vice si dégradant ; il est donc inutile à moi de prendre l'engagement de m'en préserver... ce serait même, à mes yeux, fort humiliant. Quant à ce que vous me dites de mon influence, je suis d'avis que si chaque homme s'observait lui-même, il n'aurait pas besoin de solliciter la considération des autres. Cette notion moderne de faire reposer la responsabilité d'une société sur un seul homme ne sera jamais la mienne. C'est pourquoi je décline d'y donner mon patronage.

— Je déclare positivement, s'écria la jeune lady, que vous avez messieurs une persévérance admirable, vous avez agité cette question jusqu'à me mettre hors de patience. Je m'en empare, et je signe un gage de tempérance pour Edouard. Je veillerai à ce qu'il ne s'adonne pas à ces vilaines habitudes qui vous ont fait faire un discours si pathétique.

— Je pense, dit Melton, que vous serez pour lui le meilleur gage de tempérance qu'il puisse avoir; mais, cousine, tous les hommes ne sont pas si fortunés.

— Mon cher Melton, dit Edouard, considérant les garanties que je possède déjà, je vous conseille d'honorer de votre éloquence quelque pauvre diable moins favorisé que moi.

— Quel excellent et désintéressé garçon

que ce Melton ! dit Edouard lorsqu'il fut parti.

— Bon comme une longue journée, dit Augusta, et assez prosaïque. Cette question de tempérance est assommante, après tout. On n'entend pas parler d'autre chose de nos jours... Journaux de tempérance... sociétés de tempérance... hôtels de tempérance... jusqu'à des mouchoirs tempérance pour les petits garçons. En vérité, le monde devient immodérément tempérant.

— Mais avec la garantie que vous avez offerte, Augusta, je ne redouterai pas la tentation.

Il y eut dans l'accentuation de cette phrase une certaine signification qui teignit en pourpre les joues roses d'Augusta, et fit marcher son aiguille avec plus de rapidité. Au bout d'une heure de conversation tête à tête, Edouard et Augusta avaient oublié leur point de départ, et s'étaient égarés dans le paradis des songes dorés de l'avenir, qui bercent la jeunesse et la beauté.

Mais arrêtons ici notre esquisse, et jetons un coup d'œil rétrospectif qui mette nos lecteurs à même de mieux juger de l'ensemble du tableau.

Edouard Howard avait su par ses qualités brillantes et ses manières séduisantes s'élever au premier rang dans la société de sa caste. Sans fortune, sans relations influentes de famille, il était devenu le héros des cercles où ces apanages sont réputés indispensables, et tous les privilèges et immunités exclusives de ces sociétés étaient entièrement à sa disposition.

Augusta Ellmore était célèbre dans la sphère des qualités féminines; orpheline, et habituée dès l'enfance à la libre possession d'une fortune indépendante, cette dernière considération ajoutait, sans aucun doute, à la puissance de ses grâces personnelles, pour lui procurer cette déférence flatteuse que réclament la richessse et la beauté. D'une intelligence supérieure qui n'avait pas eu l'occasion de se développer, elle avait échappé à la frivolité et à l'égoïsme, ces deux fléaux des gens oisifs. Elle était plutôt faite pour commander et gouverner que pour obéir, et bien qu'elle ne fût guidée par aucun sens de responsabilité morale, son caractère la rendait supérieure à la société du monde fashionable.

L'expectative d'une alliance entre deux personnes qui paraissaient se convenir sous une foule innombrable d'affinités ne fut pas déçue. Quelques mois après l'entrevue déjà mentionnée, avaient lieu les fêtes et les festins de condoléance de leur brillant et heureux mariage.

Jamais deux jeunes époux ne commencèrent la vie sous des auspices plus favorables. Quel joli couple ! comme ils sont bien assortis ! disaient les commères... Ils étaient faits l'un pour l'autre, disait tout le monde, et c'est surtout ce que pensaient les deux jeunes mariés.

L'amour, qui devient un principe ardent et sobre chez les caractères de bonne trempe, les avait rendus réfléchis et circonspects, ils songeaient à l'avenir, et formaient des projets de bonheur durable dans cette vie, sans songer encore à la vie future.

Pendant une assez longue période de temps, leur amour absorba toute leur existence, et les tint éloignés de tentations du monde ; ils passèrent plusieurs saisons d'hiver dans la quiétude d'un intérieur somptueux, occupant leurs loisirs par le chant, la lecture, la musique, les souvenirs du passé et les rêves d'un long avenir, sans jamais se séparer. Mais, bien que cela soit contraire à la théorie du professeur de sentiment, il est un fait certain, avéré, c'est que deux personnes habituées aux distractions du monde ne sauraient trouver un charme éternel dans la solitude du tête-àtête, qu'elle que fût l'étendue de leur amour. Au bout d'un certain temps, le jeune couple, sans s'aimer moins pour cela, commença de céder aux sollicitations pressantes qui les appelaient à briller ensemble dans les salons. Edouard sentit son cœur gonflé d'orgueil en entendant les murmures d'admiration qui accueillirent la rentrée dans le monde de sa gracieuse et adorable femme. Et Augusta, lorsqu'elle entendit vanter autour d'elle l'esprit et les talents de son époux, ne put résister à la tentation de l'entraîner plus qu'il ne le désirait dans ces cercles où tous deux voyaient se refléter les louanges que leurs cœurs s'adressaient mentalement.

Hélas! ils ignoraient tous deux les dangers d'une constante surexcitation des facultés de l'âme et de l'esprit, et qu'ils aventuraient leur fortune de bonheur en l'éloignant du foyer domestique.

L'homme ou la femme à qui ces excitations habituelles deviennent indispensables fait le premier pas vers sa ruine. La femme éprouve bientôt une tristesse vague, un ennui insurmontable des devoirs de la vie domestique. L'homme sent bouillonner en lui les esprits animaux, qui ruinent les forces vitales du corps et de l'esprit.

Augusta, follement confiante dans la vertu de son époux, ne vit aucun danger dans cette suite constante de bals et de réunions qui détournaient son attention des soins plus graves de ses affaires, du perfectionnement de son être moral, et de son propre amour pour elle. Le grain, précurseur de la tempête, pointait à l'horizon ; mais, confiante et légère, elle n'y arrêta pas ses regards.

Ce ne fut que quand les soins et les devoirs maternels la retinrent au logis qu'elle ressentit pour la première fois les symptômes d'un changement dans la conduite de son époux, bien que ce changement ne fût encore sensible qu'à l'imagination, et ne s'annonçât que par ce tressaillement prophétique qui révèle au cœur de la femme le premier ralentissement du pendule de l'affection.

Edouard se montrait toujours affectueux, caressant; et lorsqu'il avait pour elle ces petites attentions que réclamait son état, ou qu'il louait et embrassait son petit chérubin de garçon, elle était satisfaite, heureuse. Mais lorsqu'elle s'aperçut que sans elle le monde avait toujours le même attrait pour lui, le même entraînement, et qu'il pouvait la quitter pour en rechercher les plaisirs. —Je ne suis certes pas assez égoiste, se disait-elle, pour vouloir le priver de plaisirs parce que je ne puis les partager avec lui. Mais pourtant il m'a dit une fois qu'il n'y avait pas de plaisir pour lui où je n'étais pas. Hélas! c'était donc vrai, ce que l'on me disait, que ces sortes d'affections profondes n'ont pas de durée!

Pauvre Augusta! elle ignorait encore toutes les raisons qu'elle eût eues de craindre

Elle ne voyait pas les séductions qui entouraient son époux dans les cercles où aux stimulants de l'esprit et des sens venait souvent se joindre celui que cause l'abus des spiritueux. Edouard s'était déjà familiarisé avec cet état de surexcitation qui touche aux premières limites de l'ivresse, sans se douter qu'il était sur le bord de l'abîme. Le voyageur qui s'est arrêté aux chutes du Niagara a dû remarquer la ligne argentée qui marque la première pente imperceptible de la nappe. Tout est brillant encore, et l'eau qui pétille et rayonne au soleil, paraît plutôt mue par un redoublement de puissance que prête à s'engouffrer dans l'abîme. Ainsi la première pente vers l'intempérance qui ruine le corps et l'âme, n'apparaît que comme la légèreté et la fraîcheur d'une vie nouvelle, et le voyageur imprudent cède avec délices aux ondulations de la barque qui le conduit vers le gouffre béant où vont s'engloutir sa raison et sa vie.

Ce fut à cette période de sa vie qu'il eût fallu à Edouard un ami courageux qui lui dessillât les yeux sur l'imminence du danger que lui seul ne voyait plus. Mais dans le cercle nombreux et *choisi* de ses connaissances, il n'avait pas d'amis. *Chacun pour soi*, était la maxime universellement adopté. Quelques têtes graves, il est vrai, s'agitaient et trouvaient regrettable qu'un jeune homme comme M. Edouard se ruinât si rapidement. Mais l'un n'était pas son parent, et l'autre trouvait le sujet trop délicat pour oser l'aborder ; en conséquence, suivant un précédent déjà fort ancien, ils passaient outre. Cependant c'était au buffet du premier, toujours garni de vins de premier choix, qu'il avait éprouvé les premiers symptômes d'ébriété ; et la maison du second servit de réunion préparatoire aux orgies qui se continuèrent jusque dans les hôtels publics. C'est souvent ainsi que les gens sobres, d'habitudes régulières et discrètes, doués d'une constitution qui les préserve de tout excès, encourageront par leur présence les têtes folles et ardentes et les suivront jusqu'au bord du précipice pour s'étonner ensuite de leur chute.

Augusta était assise seule dans son salon, dont les volets fermés interceptaient l'air froid d'une nuit d'hiver. Tout autour d'elle portait le cachet de l'élégance luxueuse et du bon goût. Des livres splendidement reliés et de belles gravures encombraient les tables recouvertes de riches tapis. De hauts vases débordés par les fleurs les plus rares de la saison se reflétaient à l'infini, ainsi que les bougies diaphanes dans de magnifiques glaces découpées en ogives. Tout indiquait le luxe et le repos dans cette splendide demeure, tout, excepté le visage inquiet et l'attitude de la maîtresse.

Il était tard, et de longues et mortelles heures s'étaient écoulées dans l'attente du retour de son époux. Elle consulta une petite montre enrichie de diamants ; les aiguilles avaient marqué minuit. Elle soupira au souvenir des soirées agréables qu'ils passaient jadis ensemble, dans ce même salon, avec ces livres, ces gravures, devant la harpe ou le piano, aujourd'hui silencieux.

Un violent coup de marteau à la porte de la rue la fit tressaillir. Elle se hâta de courir à l'antichambre ; mais elle fut saisie d'épouvante en arrivant sur le seuil. On lui ramenait son époux porté sur les bras de quatre hommes.

— Mon Dieu ! il est donc mort ? s'écria-t-elle en poussant un cri déchirant.

— Non, madame, dit l'un des hommes ; mais pour le quart d'heure, c'est comme s'il l'était.

La vérité dans toute son horreur jaillit à l'esprit d'Augusta. Sans questions ni commentaires, elle fit déposer son époux sur le sofa du salon, reconduisit elle-même les porteurs jusqu'à la porte de la rue, qu'elle ferma, et vint se placer silencieuse et stupéfaite devant le corps insensible d'Edouard. Toutes ses illusions se dissipèrent comme au réveil d'un rêve. Elle avait sous les yeux la ruine de ses affections, la disgrâce et le déshonneur de son époux. Toutes les scènes des jours de bonheur passèrent comme un mirage devant ses yeux, et elle sanglota dans l'amertume de son désespoir. Grand Dieu ! Seigneur, aidez-moi ; sauvez, sauvez mon époux !

Augusta, douée d'une énergie peu commune, résolut, après avoir donné cours à ce premier élan de désespoir, de ne pas abandonner son époux ni ses enfants dans ce moment d'épreuve et de tourmente.

— Lorsqu'il s'éveillera, se dit-elle, je le prierai et supplierai. Je verserai les trésors de mon âme dans son cœur pour le sauver. Pauvre Edouard, vous avez été entraîné, trahi sans doute ; mais vous êtes trop bon, trop généreux, trop noble pour succomber ainsi sans combattre.

Edouard ne sortit de la léthargie produite par l'ivresse que tard le lendemain matin. Il ouvrit lentement ses yeux appesantis, puis tressaillit, et ses yeux hagards errèrent dans la chambre, et vinrent s'arrêter sur les yeux tristes et mornes de sa femme. La mémoire lui revint subitement, et le rouge de la honte colora son front. Un silence solennel régna quelques instants sur cette scène ; enfin, cédant au paroxysme de la douleur, Augusta vint se jeter dans ses bras et pleura.

— Vous ne me haïssez donc pas, dit-il d'une voix sombre.

— Vous haïr ! jamais !... Mais Edouard, Edouard ! qui vous a donc ainsi entraîné?...

— Ma chère femme, vous avez promis un jour d'être mon ange gardien, et de me ramener dans le sentier de la vertu ; votre tâche commence. Oh ! Augusta ! jamais scène semblable à celle-ci ne se renouvellera !... jamais !... Je le jure devant Dieu qui m'entend.

Augusta, retrouvant sur la physionomie d'Edouard les nobles sentiments de la sincérité et du remords, n'eut plus de doute qu'il ne fût sauvé pour toujours ; malheureusement les projets de réforme péchaient sur un point essentiel : loin de vouloir renoncer entièrement à la vie dissolue, il se promit d'en retrancher seulement une partie, et de se tenir désormais sur ses gardes, sans songer que la surexcitation du système nerveux et l'affaiblissement des facultés du cerveau ne lui laisseraient plus la puissance de volonté pour s'arrêter à temps, et le rendraient le jouet de l'occasion la plus rapprochée qui se présenterait à lui.

Il réussit néanmoins à reprendre les apparences du calme et à maîtriser l'effervescence de sa passion dégradante.

C'est une grande erreur de n'appeler intempérance que l'ivresse produite par l'abus des spiritueux : il existe souvent chez l'homme un état d'irritabilité nerveuse, résultant de stimulants modérés, mais persévérants, qui prédispose l'esprit à une destruction foudroyante, comme le choléra, après des symptômes de malaise et de lassitude. C'est en cet état morbide que l'esprit se lance dans les spéculations extravagantes ou dans la passion effrénée du jeu.

Telle était la situation d'Edouard. Ayant abandonné depuis longtemps la direction régulière et sage de ses affaires, il compromit sa fortune tout entière dans des spéculations téméraires et folles ; et lorsque la crise se déclara, lui ouvrant une perspective de ruine, il recourut de nouveau à l'ivresse pour y noyer ses pensées.

Il passa quelques mois éloigné de sa femme et de sa famille, plongé une partie du temps dans un état de stupeur qu'il cherchait à réveiller dans les surexcitations factices du cerveau.

Enfin le coup qui devait briser sans retour ses rêves chimériques et sa prospérité chancelante éclata sur lui comme la foudre. Sur un coup de dé il vit disparaître la fortune qu'il tenait de sa femme, et se trouva tout à coup sans ressources.

De la ville où il s'était réfugié pour cacher sa honte et combiner ses projets, il écrivit à sa trop confiance épouse.

« Augusta, tout est fini !... N'espérez plus rien de votre époux... N'ajoutez plus foi aux promesses qu'il pourra vous faire, car il est perdu pour vous comme pour lui-même. Augusta, notre fortune, votre fortune tout entière, que j'ai risquée imprudemment, est engloutie ; mais est-ce là le plus grand malheur?... Non, non, Augusta, je suis perdu irrévocablement, corps et âme, comme la fortune que j'ai gaspillée. J'avais autrefois du courage, de la santé, de l'imagination ;

tout cela est parti. Je cède journellement à la passion de l'ivresse pour oublier mon abjection et ma misère. Vous vous rappelez le triste jour où vous découvrîtes que votre époux était un ivrogne?... Oublierai-je jamais vos regards de compassion? Confiante et aveugle dans votre partialité, vous crûtes à un retour sincère. Vain espoir!... j'étais déjà perdu à tout jamais.

» Hélas! ma chère femme, pourquoi suis-je donc votre époux?... le père de ces enfants que vous m'avez donnés?... Y a-t-il rien d'égal à vos attraits, à l'innocence de nos enfants?... Eh bien! rien de tout cela ne saurait me tirer de l'agonie de cette effroyable passion. Je pense que je sacrifie tout, femme, enfants, famille... mais l'heure vient, l'heure brûlante arrive, et tout est oublié. Vous ne me verrez plus, Augusta. Le peu que j'ai sauvé, je vous l'envoie. Vous avez des amis, des parents. Vous possédez au dessus de tout cela une énergie, une activité d'esprit qui ne vous laisseront jamais dans l'embarras. Vous souffrirez sans doute pour briser les liens qui nous unissent ; mais prenez courage, car vous souffririez trop de voir s'opérer chaque jour la dégradation de votre époux, d'éprouver les caprices, les colères furieuses d'un homme qui n'est plus maître de lui-même. Vous ne voudriez pas faire souffrir vos enfants du même supplice ? Non, ma route est sombre et conduit à l'abîme ; je la suivrai seul.

» Vous pouvez concentrer dans une paisible retraite vos trésors d'affection sur vos pauvres enfants, et leur faire occuper dans votre cœur la place désertée par un époux indigne de vous. Si je vous quitte à présent, vous vous souviendrez encore de ce que j'ai été pour vous ; vous m'aimerez encore, et vous pleurerez ma mort ; mais si vous reveniez auprès de moi, votre amour s'éteindrait, je deviendrais pour vous un objet de dégoût et d'horreur. Adieu donc, ma femme ; mon premier, mon meilleur amour, adieu !... Je vous quitte avec l'espérance !...

Mais avec l'espérance, adieu remords et crainte !
Si pour moi le bien est perdu,
O mal, dont je subis l'atteinte,
Sois désormais le bien pour mon cœur éperdu.

» Ces paroles sont amères, mais applicables à ma situation. Ne cherchez pas à me rejoindre ; ne m'écrivez pas : rien ne pourrait me sauver. »

Ainsi commençait et finissait brusquement cette épître, qui apportait à Augusta la ruine de ses espérances. Il y a des moments d'angoisses, où le cœur le plus frivole s'élève malgré lui vers Dieu, comme l'eau pressée par le piston. Augusta avait été grande, généreuse, affectionnée ; mais elle n'avait vécu que pour le monde. Son bonheur reposait sur son mari et ses enfants ; ils étaient son orgueil, son espoir, sa vie.

Forte de sa conscience, elle n'avait jamais senti le besoin de chercher un appui dans la puissance divine. Mais en laissant tomber cette lettre de ses mains, ses regards désespérés s'élevèrent au ciel : — A quoi bon vivre, mon Dieu ! s'écria-t-elle dans le premier paroxysme de douleur. Mais elle réprima aussitôt cette pensée égoïste ; elle puisa dans la prière de nouvelles forces pour supporter les malheurs de sa position. Sa confiance aveugle pour tout être terrestre fut toujours détruite par la chute de son époux ; elle se jeta donc pour dernier refuge dans les bas du Tout-Puissant. Elle alla rejoindre Edouard dans la ville où il s'était réfugié ; mais elle s'efforça en vain de le sauver. Elle éprouva les tortures et les alternatives de réformes passagères, qui ne réveillaient ses espérances que pour la replonger dans un désespoir sans bornes. Elle vit s'opérer dans l'homme qu'elle avait aimé l'épuisement progressif du corps et la destruction de tous principes de morale et de sensibilité, l'animalité dégoûtante qui distingue les progrès de l'ivrogne.

Quelques années plus tard, une nouvelle famille vint habiter une dépendance à peu près en ruine du village d'A... Les membres de cette famille se composaient de quatre enfants, dont les traits amaigris et la gravité précoce témoignaient les souffrances endurées par les privations et les chagrins. La mère, usée par la douleur, laissait lire dans le feu sombre de ses yeux, dans la pâleur de ses joues et dans la compression de ses lèvres, toutes les souffrances de la vie. Le père avait l'œil hagard, le pas chancelant, cet air hébété et indolent que donnent le crime et la dégradation. Personne des anciennes connaissances d'Edouard ne l'eût jamais reconnu dans ce misérable, non plus que dans cette pauvre malheureuse femme ils n'eussent reconnu la jeune et brillante Augusta. Combien de cœurs brisés viendront attester que de tels changements ne sont pas imaginaires !

Augusta s'était réfugiée avec son époux dans une ville où ils étaient complètement ignorés, afin d'échapper au moins à la dégradation de leur misère devant ceux qui les avaient connus dans leur prospérité. La misère la plus profonde les suivait partout; mais elle luttait contre elle avec courage, et utilisait au profit de l'existence de ses enfants les talents qu'elle n'avait cultivés dans ses jours de bonheur que pour passer le temps.

Il y avait à peine quelques semaines qu'elle était dans cet endroit, que son frère, ayant appris ses infortunes et le lieu de sa retraite, vint la chercher pour l'engager à abandonner son indigne époux et à se réfugier auprès de lui.

— Augusta, ma chère sœur, je vous retrouve enfin ! s'écria-t-il un jour en la surprenant au milieu de ses travaux de famille.

— Henri, mon cher frère !... Un éclair de de joie éclaira sa physionomie, qui retomba bientôt dans un morne abattement lorsque ses yeux parcoururent le triste réduit où elle se trouvait.

— Je vois ce qu'il en est, Augusta ; vous succombez lentement, la victime d'un faux sentiment de devoir pour un homme qui n'en ést plus digne. Je ne le souffrirai pas plus longtemps, et je suis venu ici pour vous emmener.

Augusta détourna les yeux qu'elle tint fixés de côté de la fenêtre, absorbée qu'elle était par ses tristes pensées, exprimant les dernières angoisses du désespoir.

— Henri, répliqua-t-elle enfin, jamais femme ne fut plus heureuse que je ne l'ai été dans les commencements de notre union. Comment l'oublierais-je jamais? Quiconque l'a connu dans ses jours de bonheur n'a pu s'empêcher de l'aimer. On l'a séduit et entraîné ; moi-même j'ai involontairement contribué à le plonger dans l'abîme, et il est tombé pour ne plus se relever. Ses meilleurs amis se sont associés à sa ruine et l'ont regardé froidement sans qu'un seul offrît de lui tendre une main secourable. Pouvais-je l'abandonner aussi, moi sa femme ? Quel compte aurais-je eu à rendre devant Dieu. Si je le quittais aujourd'hui, Henri, il serait perdu sans espoir ! Je ne puis le faire. Je sais que mon devoir envers mes enfants m'impose de les éloigner d'ici. Emmenez-les, Henri ; ils sont ma seule consolation, mais ils ne doivent pas rester plus longtemps ici. Je ne tarderai peut-être pas à les rejoindre ; mais je veux tenter encore une fois à le sauver. Qu'est-ce que cette existence pour moi, qui ai déjà tant souffert ? Rien !... Mais l'éternité, Henri, l'éternité ! puis-je donc l'abandonner ainsi à un désespoir sans limites ?... Oh ! cette pensée...

Elle s'arrêta suffoquée par les larmes qui coulèrent abondamment sur ses joues flétries, et cachant sa tête dans ses mains, elle éclata en sanglots convulsifs.

Son frère pleura avec elle, jugeant qu'il essayerait inutilement d'ébranler sa résolution. Il repartit le jour suivant, emmenant avec lui les enfants après des adieux déchirants de part et d'autre, Augusta espérant que leur absence éveillerait peut-être un reste de sensibilité au fond du cœur de son époux.

Huit jours plus tard, Augusta se présentait un soir à la porte de l'hôtel de M. L...., l'un des plus riches propriétaires de la ville d'A... Elle ne reconnut M. L...., que lorsqu'elle eut été introduite dans ses somptueux appartements, et elle se rappela alors l'avoir souvent rencontré dans les réunions brillantes où elle allait jadis avec Edouard. Elle était elle-même trop changée pour craindre d'être reconnue de M. L... Il lui tendit une chaise, la pria d'un air de compassion d'attendre le retour de sa femme, et alla reprendre une conversation commencée avec un de ses amis.

— Je trouve, mon cher Dallas, que vous exagérez la question. La société ne saurait se réformer par ce moyen que chaque homme ira trouver son voisin pour l'exhorter à la tempérance, mais parce qu'il songera à veiller sur ses propres passions. C'est moi, vous, mon cher monsieur, qui devons commencer par nous amender, et les autres suivront notre exemple. Ce nouveau système, qui consiste dans ce que chaque individu considère comme un devoir d'aller s'occuper des affaires spirituelles de son voisin, et prendre justement le chemin contraire au succès. Il fait beaucoup d'effet en théorie, et ne produit absolument rien en principe.

— Mais si votre voisin ne se sent pas de dispositions pour opérer par lui-même son amendement, qu'en résultera-t-il ?

— C'est son affaire, et non la mienne. Dieu me commande de faire mon devoir, et non de m'inquiéter si mon voisin fait le sien.

— Mais, mon ami, c'est justement là qu'est la question. Quel est le devoir qu'exige de vous le Créateur ? Que vous ayez quelque sollicitude pour votre voisin.

— C'est déjà lui en témoigner que de lui montrer le bon exemple. Je n'entends pas un exemple comme le vôtre, qui consiste à me priver de boire un peu d'eau-de-vie pour l'empêcher d'en boire beaucoup, mais à lui démontrer que je bois modérément et que je m'abstiens de tout excès.

La conversation fut interrompue par le

retour de madame L... Sa présence rappela à l'esprit d'Augusta les jours de bonheur et d'allégresse d'elle et de son époux lorsqu'elle avait fait la connaissance de cet honorable couple. Quel affreux contraste pour elle, la femme d'un homme ruiné et perdu de vice et de débauche? Et combien ne se rappela-t-elle pas avec remords cette phrase banale qu'elle avait redite comme le monde devant un appel à la sollicitude : — Pourquoi s'occuper des affaires des autres? Chacun chez soi, chacun pour soi...

Elle reçut silencieuse les objets que madame L... lui confia, et partit.

— Hélène, dit M. L... à sa femme, cette pauvre femme paraît bien malheureuse e tourmentée par quelque peine secrète. Vous irez la voir quelquefois, et vous tâcherez de vous informer si nous ne pourrions pas faire quelque chose pour la soulager.

— C'est singulier, répliqua madame L..., elle m'a rappelé les traits d'Augusta Howard... Vous souvenez-vous d'elle ?

Hélas ! oui, la pauvre femme ! et de son époux aussi. Ce fut une bien triste histoire que celle d'Edouard Howard. J'ai appris qu'il avait contracté le goût immodéré des boissons alcooliques. Qui eût jamais pensé cela de lui ?

— Souvenez-vous, mon cher époux, dit madame L..., que je l'ai prédit six mois avant qu'il en fût question. C'était à cette réunion qui eut lieu chez nous après les noces de Marie, et où il s'enivra. Je dis alors qu'il s'engageait dans une voie dangereuse; mais il était si facile à exciter, que deux ou trois verres le mettaient hors de lui. Pourtant Georges Eldon boit ses dix ou douze verres sans que personne s'en doute.

— Ce fut bien dommage, répliqua M. L...

Howard valait une douzaine de Georges Eldon.

— Pensez-vous, dit Dallas, qui avait écouté jusque-là en silence, que, s'il avait fréquenté des cercles d'où l'on eût banni toute boisson excitante, il eût ainsi succombé?

— Je ne saurais le dire, répliqua M. L... Il serait possible que non.

M. Dallas était un homme d'une grande fortune et un ardent enthousiasme de la tempérance. Quel que fut l'objet qui l'occupât, il y mettait toute son âme, et depuis quelques années il s'était associé à tous les projetsphilanthropiques pour l'amélioration de l'espèce humaine. Dans le cours de ses actes de charité et de bienveillance, il avait souvent passé la demeure d'Edouard, et il s'était vivement intéressé à sa pauvre femme, dont il fit la connaissance par l'entremise des enfants, et dont il connut en partie l'histoire. Il n'y avait qu'un tempérament sanguin comme le sien qui osât entreprendre de porter remède à tant de misère par la transformation de celui qui l'avait causée. Ce fut pourtant son projet. L'observation de M. et de madame L... le lui rappela à l'esprit, et il résolut d'autant mieux de le mettre à exécution, qu'il découvrit que son protégé futur n'était autre que ce même Edourd Howard dont il avait entendu raconter l'histoire.

Il choisit un moment où Edouard ne fût pas sous l'influence de l'abrutissement, et justement le jour où la perte de ses enfants avait éveillé quelques restes de sensibilité. Il s'efforça de faire vibrer les cordes graduellement et l'une après l'autre.

— Il est trop tard, monsieur Dallas, répondit Edouard un jour qu'il lui avait indiqué avec une grande éloquence les avantages d'un essai d'amendement, il est trop tard... Vous ne sauriez arracher de l'enfer les âmes qui y sont déjà descendues. Croyez-vous donc que j'ignore tout ce que vous pourriez me dire à ce sujet ? Je le sais par cœur. Personne ne saurait faire de meilleurs sermons que moi sur l'intempérance... Je sais tout... je crois tout... comme les démons croient et tremblent.

— C'est possible, dit Dallas ; mais il vous reste à vous l'espérance, vous ne vous ruinez pas ainsi pour toujours.

— Et qui êtes vous donc, pour me parler de la sorte ? s'informa Edouard, qui sortait de son sombre désespoir pour contempler avec curiosité son interlocuteur.

— Je suis le messager de Dieu envoyé vers vous, Edouard Howard, dit Dallas fixant sur lui son regard solennel et inspiré, vers vous, Edouard Howard, qui avez gaspillé jeunesse, talents, santé... qui avez brisé le cœur de votre femme et ruiné vos malheureux enfants ! Dieu m'envoie vers vous pour vous offrir de nouveau la santé, l'espérance, le respect de vous-même et l'estime de vos semblables. Vous pouvez encore guérir le cœur brisé de votre femme et rendre un père aux enfants orphelins. Pensez-y, Howard, songez-y donc si cela était possible !... Si vous vous retrouviez dans la situation d'un homme honoré et respecté comme vous l'étiez jadis, avec un intérieur heureux, confortable, une femme consolé et des petits anges pour vous sourire ! Pensez donc que vous pourriez guérir les souffrances de votre femme ! Qui vous empêche d'obtenir tout cela ?

— Justement ce qui retient l'homme riche en enfer, le gouffre qui s'est ouvert entre moi et tout ce qui est bon et bien ; ma femme, mes enfants, mes espérances du ciel, tout cela est de l'autre côté.

— Mais vous pouvez encore le franchir, ce gouffre, Howard. Que donneriez-vous pour devenir un homme sobre ?

— Ce que je donnerais ?... dit Howard. Il réfléchit un instant, puis il fondit en larmes.

— Ah ! je vois ce que c'est, dit Dallas ; il vous manquait un ami... le ciel vous en envoie un.

— Que pouvez-vous donc faire pour moi, monsieur Dallas, demanda Howard étonné de cette confiance qu'il avait en lui-même.

— Je vais vous le dire. Je puis vous prendre chez moi et vous y donner une chambre, afin de veiller constamment sur vous jusqu'à ce que vos plus fortes tentations soient passées. Je puis occuper votre esprit, le distraire, faire enfin tout ce qui est nécessaire à votre guérison si vous voulez vous confier à mes soins.

— Dieu de miséricorde ! auriez-vous donc pitié de moi, et me serait-il encore permis d'espérer ?... Je n'ose le croire... Mais emmenez-moi où vous voudrez. Je suis prêt à vous suivre et à vous obéir en toutes choses.

Quelques heures suffirent pour opérer le transfert de l'époux dans une chambre retirée de l'élégante maison de Dallas, où il trouva sa femme attentive et reconnaissante, continuant auprès de lui son rôle d'ange gardien.

Un traitement médical entendu, un exercice salutaire des forces physiques, joints à une nourriture simple et de l'eau pure pour boisson, ne lui semblèrent au premier abord qu'un état d'emprisonnement de l'esprit et du corps. La suppression immédiate de toute boisson excitante lui causa une réaction terrible, et il pria plusieurs fois jusqu'aux larmes qu'on lui permit d'abandonner ce projet ; mais enfin la persistance résolue de M. Dallas et les tendres sollicitations de sa femme prévalurent. On pouvait dire à la vérité qu'il se purifiait par le feu... car une fièvre chaude et un long délire le mirent presque aux portes du tombeau.

Mais enfin la lutte entre la vie et la mort prit fin, et bien qu'il restât longtemps encore faible et amaigri sur son lit de souffrance, il avait repris néanmoins toute la rectitude de sa raison, et il éprouvait les premiers symptômes du retour à la santé. Que ceux qui ont suivi un ami dans sa tombe, et qui ont cherché jour et nuit à combler ce vide de l'amitié absente, s'imaginent les tressaillements de joie que ressentit Augusta lorsqu'elle vit sortir du tombeau l'époux d'autrefois qu'elle croyait à tout jamais perdu pour elle.

— Augusta, lui dit-il d'une voix faible lorsqu'il s'éveilla de ce long délire... Augusta, je suis sauvé, je le sens, et ma raison est revenue.

Le cœur noble et généreux d'Augusta fondit à ces paroles, et ils versèrent tous deux des larmes de joie et d'attendrissement ; il ajouta :

— C'est pour moi plus que le retour à la vie... Je sens que je commence le cours de la vie éternelle... Si le Seigneur veut me pardonner mon passé...

— Dites-moi, Dallas, demandait un jour M. L... à son ami ; quel est donc ce beau jeune homme que j'ai rencontré ce matin dans votre comptoir ?... Sa figure ne m'est pas étrangère.

— C'est M. Howard... un jeune avocat que j'ai pris avec moi depuis peu de temps pour m'aider dans mes affaires.

— C'est étrange ! mais non, ce n'est pas possible... ce jeune homme ne saurait être le nommé Howard que j'ai connu autrefois.

— Je crois que c'est le même.

— Mais je croyais qu'il était parti... pour toujours... et mort depuis longtemps par suite d'intempérance ?

— Ma foi ! il l'était à peu près ; peu d'hommes sont tombés plus bas que lui ; mais aujourd'hui il est en voie de dépasser toutes les qualités que jadis nous espérions rencontrer en lui.

— Quelle circonstance extraordinaire a donc produit cette miraculeuse métamorphose?

— J'éprouve un certain embarras à vous expliquer comment elle est arrivée, attendu qu'il y a eu une occulte et puissante intervention de ces sortes de gens qui s'occupent des affaires de leurs voisins, formant des sociétés de tempérance et toutes sortes d'absurdités semblables.

— Allons, allons, dit M. L... avec un sourire ; je désire néanmoins connaître votre histoire.

— Entrez d'abord avec moi dans cette maison, dit Dallas introduisant son ami dans le salon d'une jolie petite habitation où ils trouvèrent Edouard Howard qui faisait sauter dans ses bras un petit garçon frais et rose, tandis qu'Augusta épiait ses mouvements avec un visage rayonnant de joie et de sourires.

— Monsieur et madame Howard... je

vous présente M. L..., une de vos vieilles connaissances je crois.

Il y eut un moment d'embarras de part et d'autre, que rompit bientôt la franche cordialité d'Edouard. M. L... prit un siège, et ne pouvait détourner les yeux d'Augusta, chez laquelle il admirait une beauté d'un ordre plus élevé que celle de sa première jeunesse.

L'appartement était simple, mais élégamment meublé, et contenant les indices caractéristiques d'une vie laborieuse et retirée du monde, tels que livres, gravures et instruments de musique. Mais au-dessus de tout, et comme le plus bel ornement, quatre enfants resplendissants de santé et d'humeur joyeuse, étudiaient et jouaient à l'autre extrémité du salon.

Après une courte visite, les deux amis se retrouvèrent dans la rue.

— Dallas, vous êtes un homme heureux, dit M. L... ; cette famille sera pour vous une mine inépuisable de jouissances spirituelles.

LA ROSE THÉ

I

Elle était là cette simple rose, dans un vase transparent vert comme la feuille du printemps, encaissée par un gracieux support d'ébène placé devant la fenêtre du salon. Elle était là cette simple rose, au milieu des riches rideaux de satin avec leurs franges soyeuses, tombant de chaque côté, entourée des objets les plus rares, des riens les plus coûteux que la richesse procure, et pourtant cette simple rose était la plus belle d'entre toutes ces richesses. Si pure, si virginale, avec ses blancs pétales, légèrement teints d'une nuance carminée, sa corolle arrondie, sa tête penchée, sur sa tige, comme prête à se fondre dans son propre élément ! oh ! quelle chose si parfaite fût jamais sortie des mains des hommes !

Mais le rayon de soleil qui traversait l'ombre de ces rideaux éclairait un objet plus divin que la rose. Couchée sur son ottomane, dans un sombre recoin, et profondément occupée d'une lecture, une beauté rivalisait de fraicheur avec la jolie fleur. Cette joue pâle, ce beau front intelligent, cette physionomie empreinte des pensées les plus élevées, ces longs cils baissés, et l'expression de cette bouche un peu sérieuse, mais douce et résignée, cet ensemble parfait, c'était l'idéalité d'un rêve.

— Florence ! Florence ! répéta une voix joyeuse et musicale, empreinte d'une douce impatience. Tournez votre tête, lecteur ou

lectrice, et vous verrez une fille jeune, légère et sémillante, le vrai modèle d'une volonté enfantine avec des yeux mobiles, un pied qui touche à peine le tapis moelleux, et un sourire qui se réfléchit dans une infinité de fossettes comme s'il multipliait vingt sourires dans un seul.

— Florence, dis-je, répéta l'espiègle, mettez de côté ce sage, bon et excellent livre, et descendez du haut des nues, pour causer avec une pauvre petite mortelle. Je cherchais dans ma pensée ce que vous feriez de votre rosier favori, quand vous vous en iriez, puisque telle est votre détermination ; ce serait dommage de le confier aux soins d'une étourdie comme moi. J'aime les fleurs, c'est-à-dire un bouquet de fleurs bien variées, taillées et rassemblées, pour emporter au bal; mais s'il faut y apporter tous ces soins, tout l'entretien nécessaire à sa culture, je ne me reconnais pas tant de dispositions.

— N'ayez aucune inquiétude à ce sujet,

ma chère Catherine, dit Florence avec un sourire ; je n'ai pas l'intention de mettre vos talents à l'épreuve : j'ai un asile en vue pour mon favori.

— Oh ! alors vous savez déjà ce que jallais vous dire. Madame Marshall vous a parlé sans doute ; elle est venue hier, et je me suis montrée très pathétique sur ce sujet, lui dépeignant la perte que votre favori allait éprouver ; elle m'a répondu qu'elle serait enchantée de le mettre dans sa serre. Il est dans un état si florissant, plein de boutures prêtes à éclores ! Je lui ai répondu que vous le lui confieriez volontiers; je sais que vous aimez tant madame Marshall.

— J'en suis désolée, Catherine, mais j'en ai disposé autrement.

— A qui cela peut-il être? vous n'avez pas ici beaucoup d'amies intimes.

— C'est par suite d'un de mes caprices.

— Dites-moi qui, Florence?

— Eh bien, vous connaissez, cousine,

cette peite fille pâle, à qui nous confions de l'ouvrage.

— Quoi ! la petite Marie Stephens ? Quelle absurdité ! c'est bien là, Florence, encore une de vos idées maternelles de vieille fille ; habiller des poupées pour les enfants pauvres, faire des bonnets et tricoter des bas pour tous les marmots malpropres du voisinage. Je crois vraiment que vous avez fait plus de visites dans ces deux sales et puantes allées derrière la maison que dans Chesnut street, où tout le monde meurt d'envie de vous posséder ; et pour couronner l'œuvre, vous allez donner ce délicieux bijou de la nature à une couturière, lorsqu'une amie intime, de votre rang dans la société, en estimerait le don à la plus haute valeur. Quel besoin de fleurs peuvent avoir ces sortes de gens, je vous le demande ?

— Tout autant que moi, répliqua Florence avec calme. N'avez-vous pas remarqué que la pauvre enfant ne vient jamais ici sans jeter un regard de convoitise sur les boutons qui s'épanouissent ? Ne vous souvenez-vous pas avec quelle amabilité touchante elle m'a demandé l'autre matin d'amener sa mère pour voir mon rosier, parce qu'elle aime tant les fleurs?

— Mais songez donc, Florence, une fleur rare sur une table, au milieu de jambons, d'œufs, de fromages et de farine, étouffée dans cette petite chambre où madame Stephens trouve le moyen de laver, de repasser, de faire la cuisine et tant d'autres choses que nous ignorons...

— Et bien ! Kate, si j'étais contrainte de vivre dans une chambre commune, et de laver, repasser et faire la cuisine, comme vous dites, si je devais employer toutes les minutes de mon temps au travail, sans autre perspective de ma fenêtre qu'un mur de briques et une sale impasse, une fleur comme celle-ci serait pour moi une jouissance ineffable.

— Bah ! Florence, vous êtes sentimentale ; les pauvres gens n'en ont pas le temps. D'ailleurs je ne crois pas qu'elle croîtrait chez elles ; c'est une fleur de serre, et habituée à une existence délicate.

— Oh ! quand à cela, une fleur ne s'enquiert pas si son possesseur est riche ou pauvre ; et les rayons de soleil qui pénètrent dans la chambre de madame Stephens, quelle que soit du reste sa pauvreté, sont aussi chauds et vivifiants que celui qui nous arrive par notre fenêtre. Les admirables créations du Seigneur sont données à tous sans distinction. Vous verrez que ma belle rose se trouvera aussi gaie et aussi fraîche que dans la nôtre.

— C'est drôle tout de même ! Si l'on veut donner aux pauvres, ils ont besoin de choses utiles : un boisseau de pommes de terre, un jambon, ou autres choses semblables.

— Sans aucun doute, les pommes de terre et le jambon sont de première nécessité; mais après avoir pourvu à ces besoins impérieux, pourquoi ne pas y ajouter quelques gratifications agréables qu'il nous est si facile de leur donner? Il y a beaucoup de pauvres gens, je le sais, qui ont des sentiments exquis des beautés de la nature, et chez lesquels ces sentiments se rouillent et meurent faute d'aliments. Par exemple, cette pauvre madame Stephens, qui aimerait les oiseaux, les fleurs, la musique, autant que moi. J'ai remarqué que ses yeux brillaient chaque fois qu'ils rencontraient quelque chose de semblable dans notre salon; et pourtant elle n'a pas les moyens de se donner l'une ou l'autre de ces jouissances. A cause de sa pauvreté, sa chambre, ses vêtements sont grossiers et simples comme tout ce qu'elle possède. Si vous aviez vu leur ravissement à toutes deux lorsque je leur ai offert une rose!

— Mon Dieu, tout cela pourrait bien être vrai, mais je n'y avais jamais songé. Je n'eusse jamais pensé que ces gens qui travaillaient si dur pussent avoir la moindre idée du goût et de l'élégance.

— Pourquoi donc voyez-vous le géranium ou la rose cultivés avec tant de soins dans de vieux pots fêlés dans les chambres les plus pauvres, ou la clématite sortir de sa boîte grossière pour enrouler dans ses mille replis verdoyants les barreaux d'une fenêtre? N'est-ce pas là une preuve que le cœur humain, quelle que soit sa condition dans la vie, aspire à tout ce qui est beau? Vous souvenez-vous, Kate, que notre blanchisseuse a passé une nuit tout entière, après une rude journée de travail, pour faire à son premier enfant un joli habillement pour le baptême?

— Oui, et je me souviens de m'être moquée de vous parce que vous lui aviez fait un bonnet trop élégant.

— Ma chère Ketty, je songe au contentement de cette pauvre mère lorsqu'elle contempla son enfant dans ses jolis vêtements; et je suis convaincue qu'elle ne se fût pas montrée plus satisfaite si je lui avais envoyé un sac de farine.

— Enfin, je n'avais jamais encore songé de donner aux pauvres autre chose que ce dont ils avaient réellement besoin, et j'ai toujours aimé le faire, lorsqu'il ne fallait pas beaucoup me déranger pour cela.

— Ma chère cousine, si notre céleste Père nous gratifiait de cette sorte, nous aurions des masses grossières et informes de provisions, entassées sur terre, au lieu de jouir de cette admirable variété d'arbres, de fruits, et de fleurs.

— C'est possible, ma cousine, vous avez peut-être raison, mais ayez pitié de ma pauvre tête, elle est trop petite pour contenir tant d'idées à la fois. Ainsi faites comme il vous plaira.

Et la petite coquette se posa devant la

glace pour répéter et exécuter à sa satisfaction un nouveau pas de valse.

II

Dans une toute petite chambre, éclairée par une seule fenêtre, sans tapis sur le parquet blanchi, garni dans un coin d'un lit blanc, mais grossièrement couvert, d'un buffet avec quelques plats et assiettes dépareillés; dans l'autre coin une commode, et devant la fenêtre une petite caisse de cerisier, la seule chose neuve de tout l'ameublement. Dans cette petite chambre, une femme pâle et maladive était renversée dans une vieille bergère, les yeux fermés et les lèvres contractées par la souffrance. Elle se balança pendant quelques minutes, appuyant sa main sur ses yeux; puis elle reprit d'un air languissant l'ouvrage délicat auquel elle s'appliquait depuis le matin. La porte s'ouvrit, et une frêle petite fille de douze ans environ entra, ses grands yeux bleus dilatés et rayonnant du plaisir avec lequel elle portait dans ses mains le vase qui contenait l'arbuste tant désiré.

Vois donc, maman ! En voici un d'épanoui et deux qui vont éclore, et tant de jolies boutures qui s'échappent des feuilles vertes !

Le visage de la pauvre femme s'éclaircit lorsque ses regards se portèrent d'abord sur le rosier, et ensuite sur les traits maladifs de son enfant, où n'avaient pas brillé depuis bien longtemps d'aussi vives couleurs qu'en ce moment.

— Que Dieu la bénisse ! s'écria-t-elle involontairement.

— Miss Florence ! oui, certainement ; je savais que vous penseriez ainsi. Ne sentez-vous pas votre tête soulagée quand vous regardez cette belle fleur ? A présent, vous ne regarderez pas avec tant d'envie les fleurs du marché, car notre rozier est plus beau que tout ce que l'on voit. Il me semble qu'il vaut à lui seul tout le petit jardin que nous avions autrefois. Voyez donc cette quantité de boutons ! comptons-les! et sentez seulement cette rose; quel parfum ! Où le mettrons-nous?

Et Marie, sautillant dans la chambre, plaçait son rosier dans un endroit, puis dans un autre, elle s'éloignait à distance pour en voir l'effet, jusqu'à ce que sa mère lui eut rappelé amicalement que le rozier ne conserverait sa vie et sa beauté qu'au soleil.

— Vous avez raison, dit Marie ; eh bien ! mettons-le dans notre caisse neuve; il sera encore plus joli. Et madame Stephen posa son ouvrage pour plier un morceau de journal sur lequel elle plaça son trésor.

— Là, dit Marie surveillant d'un œil ardent tous ces petits arrangements, c'est bien comme cela... Non, on ne voit pas les boutons entr'ouverts; un peu plus tourné; là, le voilà bien. Et Marie fit le tour de l'arbuste, afin d'en étudier l'effet de ce côté. Comme c'est aimable à miss Florence d'avoir bien voulu nous en faire cadeau ! dit Marie ; elle nous a déjà comblées de bien des choses, mais celle-ci me semble la meilleure de toutes ; elle a pensé à nous, et elle a deviné notre secret désir ; c'est si rare, n'est-ce pas, bonne mère ?

Quelle douce journée ce petit présent fit passer aux recluses de cette petite chambre ! comme les doigts agiles de Marie glissèrent plus vite pendant qu'elle cousait assise auprès de sa mère ! Et madame Stephen oublia dans le bonheur de son enfant ses tourments et son mal de tête ; elle pensa, le soir, en prenant sa tasse de thé faible, que depuis longtemps elle ne s'était sentie si forte ni si courageuse.

La douce influence de cette rose ne s'effaça pas avec le premier jour : pendant tout le froid et long hiver, les soins, la tendre sollicitude pour la conservation du rosier éveillèrent une foule de sensations qui firent oublier l'uniformité et les fatigues de la vie. Lorsque le passant s'arrêtait devant la fenêtre pour en admirer la beauté, Marie était heureuse et fière le restant du jour; la pauvre et soucieuse veuve elle-même ne restait pas insensible à ce tribut de l'étranger pour la fleur favorite.

Florence était bien loin de s'imaginer, lorsqu'elle fit ce présent, qu'un fil invisible s'y tramait pour se développer au loin et tisser la toile de sa destinée.

III

Par une froide après midi des premiers jours du printemps, un grand et gracieux cavalier se présenta dans la petite chambre pour payer quelques confections de linge qui lui avaient été faites. C'était un étranger et un passant, recommandé par la charité d'une des pratiques de madame Stephens. Comme il se disposait à sortir, ses yeux s'arrêtèrent en admiration devant le rosier.

— Quel admirable arbuste ! s'écria-t-il.

— Oui, dit la petite Marie; et il nous a été donné par une jeune demoiselle aussi belle et aussi admirable que la fleur.

— Ah ! dit l'étranger fixant sur l'enfant ses yeux noirs et brillants avec une expression de plaisir et d'énonnement ; et comment se fait-il qu'elle vous en ait fait dòn, ma petite fille ?

— Parce que nous sommes pauvres et que ma mère est malade, et qu'il nous serait impossible d'acheter un si beau rosier. Nous avions un jardin autrefois ; et nous aimons beaucoup les fleurs ; miss Florence s'en ést aperçue, et elle nous a donné ce rosier.

— Florence ? répéta l'étranger.

— Oui, miss Florence l'Estrange, une bien

belle demoiselle. On dit qu'elle est étrangère ; pourtant elle parle l'anglais tout comme les autres dames, mais avec une voix plus douce.

— Est-elle ici dans ce moment? habite-t-elle cette ville? demanda ardemment le gentilhomme.

— Non ! elle est partie depuis plusieurs mois, répliqua la veuve, qui remarqua le nuage de désappointement qui obscurcit les traits du visiteur; mais ajouta-t-elle, vous pouvez prendre toutes les informations sur elle chez sa tante, n° 10, rue.....

Peu de temps après, Florence reçut une lettre dont l'écriture la fit trembler. Pendant les premières années de son enfance, qu'elle avait passées en France ; elle avait appris à connaître cette écriture. Elle avait aimé comme une femme de sa sorte sait aimer — une seule fois. Mais tant d'obstacles de parents, d'amis, de longue séparation avaient passé sur des années d'angoisses, qu'elle croyait que l'Océan s'était refermé entre elle et cette main chérie ; c'est pourquoi son délicieux visage portait ces quelques lignes creusées par la tristesse.

Mais cette lettre disait qu'il était encore de ce monde, qu'il avait découvert et suivi sa trace, comme on découvre le lit d'une eau pure et limpide par la fraicheur de la verdure qui le cache, en suivant le cours des œuvres de bienfaisance qu'elle avait semés sur la route comme l'ange de paix et de consolation. Est-il besoin d'achever ce que mes lecteurs ont déjà deviné, et ne vaut-il pas mieux leur laisser terminer eux-mêmes cette petite histoire ?

Limoges. — Imprimerie de Charles Barbou.

www.ingramcontent.com/pod-product-compliance
Ingram Content Group UK Ltd.
Pitfield, Milton Keynes, MK11 3LW, UK
UKHW022128260726
13993UKWH00003B/1297